# Sommario


L'uomo dalla maschera scura e i delitti della città | La prima vittima ............. 1

L'indagine del detective ................................................................. 3

L'uomo con la maschera scura ...................................................... 4

Il secondo omicidio ....................................................................... 5

Lo schema degli omicidi ................................................................ 6

L'incontro con l'assassino ............................................................. 7

Il volo ........................................................................................... 8

Fine .............................................................................................. 9

Terrore sul pianeta Ubi ................................................................. 10

Il mistero del pianeta roccioso UB65 | Capitolo 1: Il viaggio verso l'ignoto .......................................................................................... 13

Capitolo 2: Arrivo al pianeta roccioso UB65 ................................ 14

Capitolo 3: Esplorare la superficie del pianeta ............................ 16

Capitolo 4: Il primo accenno di mistero ...................................... 17

Capitolo 5: Indagine sul mistero .................................................. 18

Capitolo 6: Il mistero si fa più pericoloso .................................... 19

Capitolo 7: La tensione cresce ..................................................... 20

Capitolo 8: La resa dei conti finale .............................................. 21

Capitolo 9 .................................................................................... 22

Capitolo 10 .................................................................................. 23

L'assassino del popolo Safara | La leggenda dell'assassino di Safara ............. 24

Lo strano visitatore in città .......................................................... 25

Il primo avvistamento dell'assassino ............................................ 26

Omicidio nel cimitero ................................................................... 27

L'escalation di violenza dell'assassino .......................................... 28

La trappola dell'assassino ............................................................. 29

La verità sull'assassino di Safara .................................................. 30

La caccia all'assassino ................................................................... 31

Il ritorno dell'assassino ................................................................ 32

Il mistero del libro dei segni maledetti | La scoperta del libro ............. 33

Capitolo 2 .................................................................................... 34

Capitolo 3 .................................................................................... 35

Capitolo 4 .................................................................................... 36


AF406725

Capitolo 5 ..................................................................................................... 37

Capitolo 6 ..................................................................................................... 38

Capitolo 7 ..................................................................................................... 39

Capitolo 8 ..................................................................................................... 40

Capitolo 9 ..................................................................................................... 41

Capitolo 10 ................................................................................................... 42

Capitolo 11 ................................................................................................... 43

Capitolo 12 ................................................................................................... 44

Capitolo 13 ................................................................................................... 45

Capitolo 14 ................................................................................................... 46

Capitolo 15 ................................................................................................... 47

Il tempio maledetto ...................................................................................... 48

# Il Labirinto del Terrore:

## Una Collezione di Storie di Asesini Seriali, Misteri e Incubi che Metteranno alla Prova la Tua Cordura - Storie di Terrore in Italiano

**Da: Kizer Tlovef**

"L'oscurità è sempre stata mia amica, l'involucro perfetto per la paura". - *Clive Barker.*

Copyright © Edizione originale
2023 di Kizer Tlovef
Tutti i diritti riservati

# Prefazione

Fai attenzione ad aprire questo libro maledetto, perché al suo interno si celano orrori che vanno oltre la nostra comprensione.

Immergiti nelle pagine de "Il Labirinto del Terrore" e preparati ad entrare in un mondo in cui l'ignoto e il macabro si mescolano in un'atmosfera di mistero e terrore.

Le storie contenute in questo libro ti porteranno in universi oscuri e disturbanti, dove gli orrori cosmici si annidano in ogni angolo e dove la sopravvivenza è incerta.

Dal vuoto dello spazio esterno ai più oscuri angoli della mente umana, ogni storia ti porterà in luoghi dove la sanità mentale è in dubbio e la realtà è fragile. Con una prosa evocativa e piena di suspense, "Il Labirinto del Terrore" è un capolavoro del genere horror che non ti lascerà indifferente.

# Contenuto del libro


Prefazione
    Contenuto del libro
    L'uomo dalla maschera scura e i delitti della città

    La prima vittima

    L'indagine del detective

    L'uomo con la maschera scura

    Il secondo omicidio

    Lo schema degli omicidi

    L'incontro con l'assassino

    Il volo

    Fine

Terrore sul pianeta Ubi
    Il mistero del pianeta roccioso UB65

    Capitolo 1: Il viaggio verso l'ignoto

    Capitolo 2: Arrivo al pianeta roccioso UB65

    Capitolo 3: Esplorare la superficie del pianeta

    Capitolo 4: Il primo accenno di mistero

    Capitolo 5: Indagine sul mistero

    Capitolo 6: Il mistero si fa più pericoloso

    Capitolo 7: La tensione cresce

Capitolo 8: La resa dei conti finale

Capitolo 9

Capitolo 10

L'assassino del popolo Safara

La leggenda dell'assassino di Safara

Lo strano visitatore in città

Il primo avvistamento dell'assassino

Omicidio nel cimitero

L'escalation di violenza dell'assassino

La trappola dell'assassino

La verità sull'assassino di Safara

La caccia all'assassino

Il ritorno dell'assassino

Il mistero del libro dei segni maledetti

La scoperta del libro

Capitolo 2

Capitolo 3

Capitolo 4

Capitolo 5

Capitolo 6

Capitolo 7

Capitolo 8

Capitolo 9

Capitolo 10

Capitolo 11

Capitolo 12

Capitolo 13

Capitolo 14

Capitolo 15

Il tempio maledetto

# L'uomo dalla maschera scura e i delitti della città

## La prima vittima

La storia inizia con la scoperta del corpo senza vita di una giovane donna in un vicolo buio della città. Il suo volto è coperto da una maschera nera e sul suo corpo sono presenti numerose ferite da taglio, come se l'assassino l'avesse torturata per lunghe ore.

La polizia viene allertata e il detective incaricato del caso, John Parker, si presenta sulla scena del crimine, pronto a svelare questo caso misterioso. Dopo aver visto l'ovvio, fissa il corpo per un momento, la sua mente cerca di dare un senso a ciò che vede. Perché quella scena non è una scena qualsiasi. Il detective Parker, con oltre 12 anni di esperienza, non aveva mai visto nulla di simile. Il sadismo con cui è stato lasciato il corpo della giovane donna è stato brutale. Segni di tortura con oggetti di ogni tipo erano la prova dell'orrore. Sapevo che era il prodotto di una mente malata e senz'anima. E non potevo permettere che andasse in giro a uccidere persone ovunque.

Dopo qualche minuto, la scena si riempie di agenti e tecnici della scientifica. Il detective Parker interroga i testimoni che si presentano e controlla le telecamere di sicurezza nelle vicinanze. Ma non c'è nulla di utile per portare avanti il caso. La stampa inizia a pubblicare articoli sull'omicidio e la città inizia a diventare nervosa e paranoica. Nessuno sa chi possa aver commesso questo crimine e la gente comincia ad avere paura, soprattutto le donne che escono presto dal lavoro.

Il detective Parker, dal canto suo, non riesce a togliersi dalla mente l'immagine della vittima con la maschera nera, è insolita. Sente che c'è qualcosa di strano, qualcosa che non quadra. Ma non riesce a capirlo.

La città è in stato di massima allerta e il detective Parker è sotto pressione da parte del governatore per trovare l'assassino prima che ci sia un'altra vittima. Ma per il momento, tutto ciò che può fare è aspettare che emergano altri indizi e cercare di capire gli schemi dell'assassino.

# L'indagine del detective

Il detective Parker inizia a indagare a fondo sul caso, interrogando familiari e amici della vittima alla ricerca di indizi che possano condurlo all'assassino. Incontra anche gli agenti che hanno esaminato la scena del crimine ed esamina le prove alla ricerca di eventuali dettagli che potrebbero essere stati trascurati.

Con il progredire delle indagini, il detective si rende conto che la vittima aveva una vita segreta e forse era coinvolta in attività illegali. Con l'aiuto di alcuni informatori, il detective scopre che la vittima era stata in contatto con un uomo misterioso che indossava una maschera nera, anche se all'epoca non poteva sapere molto.

Nonostante ciò, il detective rimane senza una pista concreta sull'assassino per diversi giorni. Finché, stufo di essere bloccato nelle indagini, decide di esaminare i fascicoli di altri casi irrisolti alla ricerca di schemi o similitudini che possano aiutarlo a trovare il responsabile di questo omicidio.

Dopo ore e ore di analisi, il detective Parker trova un possibile collegamento tra l'omicidio della giovane donna e altri due casi di omicidio avvenuti molti anni prima. In entrambi i casi, le vittime erano state trovate con maschere nere e molteplici ferite da taglio e oggetti appuntiti su tutto il corpo. Ma questi casi erano stati archiviati come irrisolti.

Con queste nuove informazioni, il detective Parker si concentra sulla ricerca di possibili sospetti che sono stati coinvolti nei casi precedenti. Ma, ancora una volta, le piste sembrano non portare da nessuna parte e questo diventa una seccatura. L'assassino rimane un enigma per il detective, e la città rimane attanagliata dalla possibilità che ci siano altre vittime o che stiano accadendo in questo momento, o ancora che l'assassino abbia cambiato il suo modus operandi negli omicidi, rendendo molto più complicato per il dipartimento investigativo trovarlo.

# L'uomo con la maschera scura

Il detective Parker, ossessionato dalla maschera nera trovata sulla scena del crimine, inizia a indagare su tutto ciò che la riguarda. Dopo diversi giorni di indagini, trova finalmente un negozio di costumi a sud della città dove era stata venduta una maschera identica a quella trovata sulla scena del crimine.

Parker interroga meticolosamente il proprietario del negozio, che gli fornisce informazioni su un uomo che qualche mese prima aveva acquistato una maschera nera che, secondo il proprietario, era uguale a quella trovata sulla scena del crimine. Il detective Parker rintraccia l'acquirente della maschera e, dopo alcuni giorni di ricerche, trova finalmente l'uomo che l'aveva acquistata.

L'uomo si rivela essere un artista di strada molto noto in città, che si fa chiamare "L'uomo dalla maschera scura, o Pilatus il pittore". Spiega al detective che la maschera faceva parte del suo guardaroba e che l'aveva stranamente persa la sera dell'omicidio.

Il detective non riesce a credere che quest'uomo, che sembra una figura innocua, possa essere coinvolto negli omicidi. Ma il suo istinto gli dice che c'è dell'altro nella storia. Il detective Parker decide quindi di indagare ulteriormente sull'artista di strada, visitando la sua casa e controllando il suo passato. Ma non trova nulla che possa collegarlo direttamente agli omicidi della ragazza e di altre persone avvenuti anni prima. Il detective decide quindi di tenerlo d'occhio e di seguire i suoi movimenti per scoprire se c'è qualcosa di sospetto nel suo comportamento.

Ma mentre il detective osserva l'uomo con la maschera scura, accade qualcosa di strano. Improvvisamente, l'uomo scompare dalla vista e quando il detective lo cerca, trova una scia di sangue che sembra condurre a un vicolo vicino. Con la pistola in mano, il detective Parker si addentra nel vicolo, provando una paura mai provata prima.

# Il secondo omicidio

Mentre il detective Parker continua a indagare sul caso dell'uomo con la maschera scura, un altro omicidio simile avviene nel nord della città. Una donna di 21 anni viene trovata morta nel suo appartamento, con diverse ferite da taglio e una maschera nera sul viso. Il detective si rende conto che il modus operandi dell'assassino è molto simile a quello del primo omicidio e che l'uomo con la maschera scura potrebbe essere coinvolto in entrambi i casi.

Alla ricerca disperata di qualche indizio, il detective Parker decide di rivisitare i testimoni e i possibili sospetti del primo omicidio alla ricerca di un collegamento con il secondo. Nel corso delle indagini, il detective scopre che anche la seconda vittima era stata in contatto con l'uomo con la maschera scura.

Con queste nuove informazioni, il detective Parker si concentra sulla ricerca dell'uomo con la maschera scura, ma i suoi sforzi sembrano essere vani. L'assassino sembra essere sempre un passo avanti a lui e la città è sempre più in preda al panico, soprattutto le donne, visto che finora sono state due, ma in precedenza ci sono stati circa 8 omicidi simili.

Il detective si trova in una corsa contro il tempo per trovare l'assassino prima che provochi altri danni. Ma l'uomo con la maschera scura sembra essere un nemico astuto e sfuggente, e il compito del detective diventa sempre più difficile. Con il secondo omicidio, il detective Parker si rende conto di avere a che fare con un serial killer molto abile e che il tempo è contro di lui, non solo per le pressioni del Governatore, ma anche per quelle del Presidente degli Stati Uniti.

# Lo schema degli omicidi

Dopo il secondo omicidio, il detective Parker inizia a cercare schemi e indizi che lo aiutino a scoprire l'identità dell'uomo con la maschera e il movente degli omicidi, oppure agisce semplicemente per il gusto di uccidere senza alcun background.

Approfondendo le indagini, Parker scopre che tutte le vittime avevano qualcosa in comune: erano state in contatto con l'uomo con la maschera scura in qualche momento prima dei loro omicidi. Inoltre, tutte le vittime erano giovani donne single con caratteristiche fisiche e caratteriali simili.

Il detective Parker conclude che l'assassino sta seguendo uno schema specifico e forse sta cercando qualcuno che corrisponde a un certo profilo. Sospetta inoltre che l'assassino possa agire per motivi personali o di vendetta. Con queste informazioni in mano, l'investigatore inizia ad analizzare il profilo dell'assassino, studiando il suo possibile background, le sue abitudini e la sua personalità. Ma nulla sembra combaciare completamente e, giorni dopo, il poliziotto inizia a sentirsi frustrato per la mancanza di progressi nel caso.

Nel frattempo, l'assassino è ancora in libertà e la città è attanagliata dalla paura e dall'incertezza. Le giovani donne evitano di uscire da sole di notte e le autorità hanno aumentato la sicurezza nelle strade. Ma nonostante i migliori sforzi del detective e del suo dipartimento investigativo, questi portano pochi frutti. Parker comincia a temere che l'assassino possa fuggire dalla città prima di essere catturato.

# L'incontro con l'assassino

Dopo settimane di indagini serrate, il detective Parker scopre finalmente un indizio che lo conduce al parco cittadino. Sapendo di essere stato scoperto, l'uomo con la maschera scura tira fuori un coltello e attacca il detective solitario in quel pomeriggio solitario in quel parco lontano dalla città.

Il detective e l'assassino iniziano un teso confronto, con il detective Parker che impugna la sua pistola e l'uomo con la maschera scura con il suo coltello affilato. L'assassino sembra godersi il momento, giocando con il detective e deridendo i suoi sforzi per catturarlo.

Nel frattempo, la tensione nel parco sale quando la folla si rende conto di ciò che sta accadendo a 200 metri di distanza. Il detective Parker sa di dover agire in fretta prima che l'assassino riesca a fuggire ancora una volta.

Con il suo istinto di detective al massimo, Parker usa le sue abilità per ingannare l'assassino e lasciarlo vulnerabile. Con una mossa audace, Parker riesce ad abbattere l'assassino e a togliergli la maschera senza sparare un solo colpo, perché lo voleva vivo, per scoprire i retroscena di tutto questo.

Con sua grande sorpresa, l'uomo con la maschera scura non è un estraneo, ma qualcuno che Parker conosce da tempo. La rivelazione sconvolge il detective, che inizia a mettere in discussione la propria percezione delle persone che lo circondano. Nonostante la confusione e il dolore, il detective Parker si concentra sul suo lavoro e consegna l'assassino alla giustizia. Con l'uomo dalla maschera scura dietro le sbarre, la città può finalmente respirare tranquillamente.

Il detective Parker si rende conto che non si può mai sapere chi si nasconde dietro una maschera e che il male può annidarsi ovunque, anche tra i nostri amici. Ma si rende anche conto che il suo lavoro è proteggere la sua città e che continuerà a fare tutto il possibile per tenerla al sicuro.

Il caso dell'uomo con la maschera scura ci ricorda che il male esiste nel mondo, ma anche la forza e la determinazione degli esseri umani nell'affrontarlo e superarlo.

# Il volo

Dopo aver incontrato l'assassino, il detective Parker scopre che anche lui era un bersaglio dell'uomo con la maschera scura. Parker sa che deve prendere provvedimenti per proteggere se stesso e la sua famiglia, nel caso in cui ci siano dei complici.

Settimane dopo, nel cuore della notte, Parker si sveglia e sente uno strano rumore in casa sua. Quando si avvicina alla porta della sua camera da letto, vede che la porta d'ingresso è stata forzata e qualcuno è entrato in casa sua. Parker prende la sua pistola e si nasconde dietro un mobile, aspettando che l'intruso appaia. Quando l'uomo con la maschera scura entra nella stanza, Parker spara, ma l'inafferrabile assassino si muove rapidamente e riesce a fuggire.

Parker sa che non può restare in casa e decide di fuggire per proteggere se stesso e la sua famiglia. Prende alcuni oggetti essenziali e si dirige verso la porta sul retro della sua casa. Mentre corre per le strade della città, Parker si rende conto che l'uomo con la maschera scura lo sta inseguendo. Parker sa che non può fermarsi e deve trovare un posto sicuro dove nascondersi. Si chiede solo: come diavolo ha fatto quel maledetto psicopatico a fuggire o a uscire di prigione?

Alla fine, Parker arriva a un magazzino abbandonato alla periferia della città. Cerca rapidamente un modo per entrare e scopre una porta posteriore aperta. Una volta dentro, si nasconde dietro alcuni scatoloni e aspetta che l'assassino si allontani.

Dopo qualche ora, Parker decide che è sicuro uscire dal nascondiglio e cercare aiuto. Si reca alla stazione di polizia più vicina e contatta i suoi colleghi per informarli della situazione.

Il detective Parker si rende conto che la sua vita è cambiata per sempre a causa del suo lavoro di detective. Non può più vivere come prima e deve stare sempre in guardia per proteggere se stesso e la sua famiglia. Nonostante tutto, Parker si sente al sicuro sapendo che sta facendo tutto il possibile per consegnare l'uomo alla giustizia federale in modo che non possa più fuggire. La lotta contro il male non è mai finita, ma Parker è determinato a fare tutto il possibile per garantire la sicurezza della città.

# Fine

Dopo la cattura dell'assassino e la rivelazione della sua identità, il detective Parker ha sentito il bisogno di prendersi una pausa. Aveva bisogno di allontanarsi dalla città e da tutto quello che era successo, di elaborare tutto quello che era successo e di trovare un modo per andare avanti. Parker decise di andare in una baita isolata in montagna, dove sperava di trovare la pace e la tranquillità di cui aveva disperatamente bisogno. Ma quando arrivò, scoprì che la baita era già occupata da qualcun altro.

Un uomo misterioso e silenzioso viveva lì da settimane e non sembrava pronto ad andarsene tanto presto. Parker cercò di parlargli, ma l'uomo sembrava evasivo e poco disposto a parlare. Parker cominciò a notare cose strane nella capanna. Sul muro c'erano segni che sembravano scritti con il sangue e oggetti strani e inquietanti sparsi per la casa. Ogni volta che il detective chiedeva spiegazioni all'uomo, questi alzava semplicemente le spalle e se ne andava.

Alla fine Parker si rese conto che l'uomo era ossessionato da lui e che era venuto alla baita per ucciderlo. La maschera scura che aveva usato per i suoi omicidi giaceva sul pavimento della baita e Parker sapeva che era solo questione di tempo prima che l'uomo lo attaccasse.

In una disperata corsa contro il tempo, Parker cerca di fuggire dalla capanna e di trovare aiuto. Ma l'uomo lo insegue e la lotta finale è brutale e sanguinosa. Alla fine, Parker riuscì a sconfiggere l'uomo con la maschera scura e a fuggire dal capanno. Ma dopo quell'incontro non fu più lo stesso. Sapeva di essere sopravvissuto per un pelo e che la sua vita non sarebbe stata più la stessa.

La storia dell'uomo con la maschera scura e degli omicidi in città era finalmente finita, ma il detective Parker era cambiato per sempre. L'esperienza gli aveva lasciato una cicatrice emotiva che non sarebbe mai guarita del tutto, e avrebbe sempre ricordato l'importanza di stare attenti alle pericolose ossessioni degli altri. L'assassino giaceva morto sul pavimento di quella cabina, pugnalato a morte con il suo stesso coltello. Nel frattempo, Parker, avvinghiato e ferito a un braccio, chiamò immediatamente i suoi compagni...

# Terrore sul pianeta Ubi

Nell'anno 2067, un gruppo di esploratori di 15 navi interstellari inviato dalla compagnia Asukion si diresse verso il lato meridionale del pianeta Hermo per esplorare la crosta terrestre. Mentre procedevano, si resero conto di non aver mai visto nulla di simile in nessuna delle loro precedenti missioni.

In lontananza, scorsero strane costruzioni e volte che sembravano essere lì da secoli. Si trattava di un fatto insolito, poiché nelle missioni precedenti non avevano trovato alcuna prova di antiche civiltà. Avvicinandosi, si resero conto che questo luogo sinistro era un enigma e che qualcosa di sconosciuto aveva abitato questi luoghi miliardi di anni fa.

Quando gli esploratori indagarono più a fondo, scoprirono un oggetto sinistro a forma di lucertola, ma di aspetto umanoide. Era abominevole, grottesco e non sembrava appartenere a nessuna specie conosciuta sui vari pianeti che avevano esplorato. Non sapevano quindi cosa farne, ma dopo aver discusso per un paio di minuti di lasciarlo stare, la curiosità li spinse a studiarlo a fondo.

Ben presto si resero conto che quell'oggetto sinistro non era concepibile nemmeno nei loro incubi più sfrenati. Non c'era alcuna spiegazione logica per la sua esistenza da un punto di vista scientifico, ma sembrava essere lì da secoli. Gli esploratori Asukion non riuscivano a spiegarsi come fosse passato inosservato per così tanto tempo.

A poco a poco, nel gruppo di esploratori cominciò a salire la tensione. L'oggetto sembrava avere uno strano effetto sulla loro psiche, provocando incubi e visioni terrificanti in coloro che lo indagavano, cioè in coloro che lo sentivano. Presto scoprirono che stava accadendo qualcosa di sinistro, qualcosa che non avevano modo di capire.


Mentre il gruppo di esploratori continuava a indagare sull'abominevole oggetto, cominciarono a notare strani cambiamenti nell'ambiente circostante. All'improvviso, il cielo si oscurò e le montagne tremarono come in un terribile terremoto. Fu in quel momento che si resero conto di aver scatenato qualcosa di pericoloso e di essere in totale pericolo.

E solo pochi secondi dopo, quando improvvisamente l'oggetto cominciò a rilasciare un'energia oscura e ad attirare creature sconosciute provenienti da chissà dove. La situazione divenne disperata e angosciante e gli esploratori capirono che non avrebbero potuto sopravvivere all'assalto di queste entità diaboliche. Così, su sollecitazione dei più temerari, decisero di fuggire e di rifugiarsi nei sotterranei che avevano precedentemente scoperto.

Tuttavia, una volta arrivati, i sotterranei non offrivano molto rifugio. Scoprirono che erano anche pieni di quelle creature maledette che sembravano essere state rinchiuse lì per qualche scopo sconosciuto. Queste entità non sembravano avere intenzioni amichevoli e si avventarono sugli esploratori, che combatterono per la loro vita a tutti i costi.

La situazione divenne sempre più drammatica. Gli esploratori furono costretti a fuggire dalle volte e a rifugiarsi nella vasta catena montuosa sottostante. Tuttavia, le creature li seguirono e ben presto si trovarono alle strette in una situazione senza speranza.

Mentre la situazione peggiorava sempre più e le speranze si affievolivano, alcuni cominciarono a chiedersi: come avrebbero fatto a sopravvivere a questo incubo? Tuttavia, un membro del gruppo ebbe un'idea. Ricordava di aver visto una mappa nella struttura di Asukion che mostrava un sentiero segreto che conduceva a un rifugio nascosto nella catena montuosa. Forse potevano arrivarci e trovare un modo per proteggersi da queste cose.

Con questa nuova speranza, il gruppo si affrettò a seguire il sentiero segreto indicato da Samuk, uno dei ragazzi. Tuttavia, non è stato affatto facile, poiché hanno lottato contro creature e pericoli a ogni passo del cammino. Ma alla fine raggiunsero il rifugio. Una volta lì, trovarono qualcosa che non si aspettavano: un'antica civiltà nascosta da eoni nel cosmo. Questa civiltà conosceva l'abominevole oggetto e aveva una profonda conoscenza delle creature che abitavano la catena montuosa.

In realtà, gli esploratori si resero conto di essersi imbattuti in qualcosa di pericoloso, ma anche di aver scoperto una fonte di conoscenza inestimabile che avrebbe potuto cambiare tutto ciò che sapevano sulla vita nell'universo e sulla scienza.

Gli esploratori furono accolti dagli abitanti dell'antica civiltà, che li accolsero con curiosità e meraviglia. Gli esploratori scoprirono presto che questa civiltà era stata a lungo nascosta ai loro nemici, protetta da uno scudo invisibile che li teneva al sicuro dalle creature che abitavano la catena montuosa.

L'antica civiltà era composta da esseri strani, potenti e dall'aspetto bizzarro, con capacità superiori a qualsiasi cosa gli esploratori avessero mai visto prima. Fu rivelato loro che l'abominevole oggetto era in realtà un'antica arma creata da una razza aliena scomparsa da tempo. Quest'arma aveva il potere di distruggere interi mondi ed era stata sigillata dall'antica civiltà per evitare che cadesse nelle mani sbagliate, mani che avrebbero potuto annientare intere galassie di vita.

Fu allora che gli umani si videro e capirono di aver commesso un grave errore nel risvegliare quell'oggetto abominevole e nel trasformarlo in un'entità. Tuttavia, gli abitanti dell'antica civiltà offrirono loro una soluzione. Esisteva un antico rituale che poteva essere eseguito per risigillare l'oggetto e impedirgli di causare ulteriori danni.

Gli esploratori accettarono di aiutare con il rituale, ma presto scoprirono che c'era un prezzo da pagare. Per completare il rituale, dovevano sacrificare qualcosa di valore incalcolabile. All'inizio non erano sicuri di cosa avrebbero potuto sacrificare, ma presto si resero conto che l'unica cosa di valore che avevano era la loro stessa vita.

Con grande rammarico, gli esploratori si offrirono in sacrificio per sigillare l'abominevole oggetto e proteggere l'universo dal suo potere distruttivo. Gli abitanti dell'antica civiltà eseguirono il rituale con cura e precisione, sigillando l'oggetto e assicurandosi che non potesse mai più essere risvegliato.

Gli esploratori avevano apparentemente salvato l'universo, ma a costo della loro stessa vita. Il loro sacrificio non sarebbe stato dimenticato e la loro eredità sarebbe diventata indelebile nella mente di molte creature. L'antica civiltà avrebbe onorato la loro memoria per sempre, ricordando i coraggiosi esploratori che si erano offerti sull'altare dell'universo.

L'universo era di nuovo al sicuro e l'antica civiltà avrebbe continuato a esistere in segreto, proteggendo l'universo da qualsiasi pericolo potesse sorgere. Gli esploratori avevano raggiunto il loro scopo e, sebbene avessero pagato un prezzo molto alto, il loro sacrificio non era stato vano.

# Il mistero del pianeta roccioso UB65

## Capitolo 1: Il viaggio verso l'ignoto

L'astronave "Calypso" è decollata dalla base della Federazione Galattica, pronta a partire per una missione di esplorazione del misterioso pianeta roccioso UB65. L'equipaggio era composto da sei esperti di esplorazione planetaria, ognuno con competenze e specializzazioni uniche per la missione.

Il comandante della nave, il capitano Miller, salutò tutti i suoi compagni prima di decollare. Al momento del decollo, la squadra guardò la base svanire all'orizzonte. Erano soli, in partenza per una missione verso l'ignoto. La nave era equipaggiata con le più recenti tecnologie di esplorazione e di difesa, pronta ad affrontare qualsiasi sfida sul pianeta roccioso o su qualsiasi altro pianeta. L'equipaggio era nervoso, ma anche eccitato per quello che avrebbero potuto scoprire durante la loro 25a missione e, secondo le ricerche precedenti, forse la più importante.

Durante la prima parte del viaggio, l'equipaggio ha familiarizzato con i sistemi della navicella e ha stabilito una routine quotidiana. Gli scienziati hanno analizzato i dati raccolti dalle precedenti missioni di esplorazione e li hanno preparati per l'uso sul pianeta roccioso UB65. Il team di sicurezza si è assicurato che le armi fossero pronte all'uso in caso di emergenza o di qualsiasi evento imprevisto.

Man mano che l'astronave si avvicinava al pianeta roccioso UB65, l'equipaggio cominciò a sentirsi più teso, ovviamente in modo naturale. Non sapevano cosa avrebbero trovato sul pianeta, ma sapevano che sarebbe stato pericoloso in qualche modo, anche se non sapevano perché. L'equipaggio si preparò ad atterrare sul pianeta, con i sistemi di difesa e i motori della nave pronti per qualsiasi emergenza.

Infine, la nave atterrò sul lato sud del pianeta roccioso UB65. I motori si spensero e il silenzio riempì la nave. L'equipaggio si preparò ad aprire il portello e ad uscire sul pianeta, senza sapere quali pericoli li attendevano là fuori.

# Capitolo 2: Arrivo al pianeta roccioso UB65

Il portello della nave si aprì lentamente e l'equipaggio uscì sul pianeta roccioso UB65. L'aria era densa e pesante e la luce del sole era fioca, creando un'atmosfera misteriosa e minacciosa al tempo stesso.

La squadra di sicurezza è uscita per prima, esplorando i dintorni e mettendo in sicurezza l'area prima di permettere al resto dell'equipaggio di uscire. Gli scienziati hanno iniziato ad analizzare la composizione del suolo e delle rocce, mentre la squadra di sicurezza ha cercato qualsiasi segno di vita intelligente.

Dopo diverse ore di esplorazione, l'equipaggio non aveva ancora trovato nulla di interessante. Il pianeta sembrava desolato e senza vita. Tuttavia, l'equipaggio non abbassò la guardia, sempre con la propria arma. Sapevano che su questo pianeta sconosciuto poteva accadere di tutto, senza un'esplorazione preliminare.

Dopo circa 4 ore, la squadra di sicurezza ha improvvisamente trovato un ingresso sotterraneo su una collina vicina. L'ingresso era nascosto dietro una roccia gigante ed era difficile da individuare a occhio nudo. La squadra si è avvicinata con cautela, pronta ad affrontare qualsiasi pericolo, nel caso in cui fossero usciti degli omini verdi.

Entrando nella grotta, l'equipaggio ha scoperto un sistema di tunnel sotterranei, scavati nella roccia del pianeta. I tunnel avevano un aspetto antico e consumato, che faceva pensare che fossero stati costruiti molto tempo fa da esseri intelligenti.

Mentre l'equipaggio esplorava i tunnel nell'eccitazione di aver trovato prove di vita extraterrestre, iniziò a sentire un suono strano e agghiacciante, che sembrava provenire dal profondo della grotta. L'equipaggio si fermò e ascoltò attentamente per alcuni minuti, cercando di scoprire la fonte del suono.

All'improvviso, qualcosa afferrò il membro più vicino della squadra di sicurezza e lo trascinò nell'oscurità, in modo terrificante, solo per sentire un urlo del suo compagno Bobby. Gli altri membri dell'equipaggio estrassero le armi e iniziarono a cercare il compagno scomparso. Ma ciò che trovarono li lasciò senza fiato. Il compagno era stato attaccato da una creatura sconosciuta, con artigli affilati e denti appuntiti che si riconoscevano dalle sue enormi e grottesche ferite.

L'equipaggio si preparò a combattere, ma la creatura scomparve nell'oscurità prima che potessero attivare i loro M16.

L'equipaggio era terrorizzato, ma sapeva di dover andare avanti. Sapevano che qualcosa di sinistro abitava la grotta sotterranea e dovevano scoprire cosa fosse. Non potevano ancora tornare indietro, perché si trattava di un viaggio programmato da molti mesi.

# Capitolo 3: Esplorare la superficie del pianeta

Dopo l'inquietante incontro nella grotta sotterranea, l'equipaggio decise di esplorare la superficie del pianeta. L'atmosfera del pianeta era densa e l'aria era difficile da respirare, ma l'equipaggio era determinato a scoprire cosa si nascondeva sul pianeta roccioso UB65.

Esplorando, trovarono antiche rovine, forse di una civiltà sconosciuta. Le rovine erano già fatiscenti e sembravano essere state abbandonate da tempo. Tuttavia, l'equipaggio notò qualcosa di strano nelle rovine: una strana energia che sembrava emanare da esse.

Dopo una piccola esplorazione, il gruppo trovò un ingresso nascosto alle rovine. L'ingresso era protetto da strani segni scolpiti nella roccia e sembrava essere l'ingresso di un tempio o di un santuario.

All'inizio un po' esitanti, si fecero coraggio ed entrarono tutti nel tempio, scoprendo una serie di stanze e corridoi mai visti prima nell'architettura del paese. Le pareti erano ricoperte di strane scritture e simboli arcaici, e in ogni stanza c'erano strane statue e manufatti blasfemi. Mentre l'equipaggio esaminava il tempio, cominciò a percepire una strana presenza che li seguiva nell'oscurità, anche se dentro di sé era piuttosto sconcertato dall'ignoto che si trovava al di là delle creature viventi in quelle rovine annesse.

E poi è successo... All'improvviso, l'equipaggio è stato attaccato da una strana e sinistra creatura, con tentacoli e denti affilati. La creatura sembrava essere un guardiano delle rovine, deciso a proteggere il tempio ad ogni costo.

L'equipaggio ha combattuto contro la creatura, utilizzando tutte le proprie abilità e armi avanzate. Tuttavia, la creatura sembrava indistruttibile e l'equipaggio stava perdendo la battaglia, oltre a finire le munizioni.

Proprio quando sembrava che tutto fosse perduto, l'equipaggio scoprì un punto debole nella creatura. Usando il proprio ingegno e le proprie abilità, l'equipaggio riuscì a sconfiggere la creatura e a fuggire dal tempio, anche se non del tutto indenne. Allontanandosi dalle rovine, l'equipaggio si rese conto di aver scoperto qualcosa di molto più grande e sinistro di quanto avesse mai immaginato. Il mistero del pianeta roccioso UB65 era più profondo e pericoloso di quanto avessero previsto e senza dubbio erano in grave pericolo.

# Capitolo 4: Il primo accenno di mistero

Dopo il macabro incontro con la creatura nel tempio, l'equipaggio decise che aveva bisogno di maggiori informazioni sul pianeta e sulla sua storia. Si diressero quindi verso una delle più grandi rovine che avevano trovato sulla superficie del pianeta. Mentre esaminavano le pareti delle rovine, uno dei membri dell'equipaggio di nome Rotty notò uno strano simbolo scolpito nella roccia dall'aspetto blasfemo. Il simbolo sembrava essere una sorta di mappa o guida, che indicava la posizione di qualcosa di importante sul pianeta.

L'equipaggio decise quindi di seguire la mappa e vedere dove li avrebbe condotti. Viaggiarono per diversi giorni, affrontando pericoli lungo la strada, finché alla fine giunsero a una grotta nelle profondità di una montagna. La grotta era piena di strane formazioni rocciose e una strana energia sembrava emanare da esse. L'equipaggio continuò ad avanzare nella grotta, finché non giunse a una grande camera. Al centro della camera c'era uno strano oggetto, che sembrava essere una sorta di portale o porta. L'equipaggio si avvicinò con cautela all'oggetto e si rese subito conto che si trattava di molto più di un antico manufatto.

L'oggetto era carico di una strana e potente energia, che sembrava essere collegata all'intero pianeta in modo soprannaturale. L'equipaggio si rese conto di aver trovato la chiave per svelare il mistero del pianeta roccioso UB65, ma allo stesso tempo significava qualcosa: un pericolo latente con possibili conseguenze fatali se fossero rimasti a lungo. Anche l'energia dell'oggetto sembrava essere pericolosa e sconosciuta. L'equipaggio decise di avere bisogno di maggiori informazioni prima di decidere come gestire l'oggetto.

Mentre esaminavano l'oggetto, l'equipaggio si rese conto di non essere solo nella grotta. Qualcosa si muoveva nell'ombra dietro di loro, in agguato. L'equipaggio ha quindi preparato le armi da fuoco e ha sfidato l'oscurità, senza sapere cosa li aspettasse nella grotta. Il mistero del pianeta roccioso UB65 cominciava a svelarsi, ma l'equipaggio non sapeva ancora quali pericoli si nascondessero nell'ombra, se l'oscurità di pochi istanti prima fosse reale o solo una semplice pareidolia, frutto dell'ansia e della paura dell'ignoto.

# Capitolo 5: Indagine sul mistero

Dopo aver trovato lo strano oggetto nella grotta profonda, l'equipaggio della USS Odyssey si rese conto di aver bisogno di maggiori informazioni prima di decidere cosa farne. Decisero di dividersi in gruppi e di esplorare diverse parti del pianeta in cerca di risposte. Un gruppo si diresse verso le montagne per indagare ulteriormente sulle strane formazioni rocciose che avevano visto in precedenza. Man mano che si addentravano nelle montagne, il gruppo cominciò a sperimentare strane visioni e allucinazioni.

All'inizio pensarono che fosse dovuto alla mancanza di ossigeno nell'atmosfera del pianeta, ma poi capirono che c'era qualcos'altro in gioco. Le visioni che stavano vivendo sembravano legate alla storia del pianeta e alla sua antica civiltà, qualcosa di inconcepibile per loro, ma inspiegabile.

Il gruppo ha scoperto che gli abitanti originari del pianeta erano una razza avanzata e potente da migliaia di anni, che aveva costruito grandi città e padroneggiato la tecnologia energetica. Tuttavia, qualcosa era andato terribilmente storto nella loro civiltà e alla fine si erano estinti.

Durante l'esplorazione delle montagne, il gruppo scoprì anche una serie di tunnel sotterranei che sembravano far parte di un sistema di trasporto avanzato. I tunnel conducevano a una grande camera contenente una strana energia che sembrava essere collegata all'oggetto che avevano trovato nella grotta.

Il gruppo decise di informare gli altri membri dell'equipaggio delle loro scoperte e qualche ora dopo si riunì sulla nave per discuterne. L'equipaggio decise che aveva bisogno di maggiori informazioni prima di decidere come gestire lo strano oggetto e iniziò a cercare indizi su come gli antichi abitanti del pianeta avevano gestito l'energia.

Mentre indagavano, l'equipaggio si trovò sempre più in pericolo. Spesso sembrava che qualcosa li stesse inseguendo, ma non riuscivano mai a trovare la fonte del pericolo. Si resero conto di avere a che fare con qualcosa di molto più grande e pericoloso di quanto avessero immaginato. Il mistero del pianeta roccioso UB65 cominciava a svelarsi, ma c'erano ancora molte incognite da risolvere.

# Capitolo 6: Il mistero si fa più pericoloso

La tensione sulla nave aumentava con il progredire delle indagini. I dati e i campioni raccolti dalla superficie del pianeta indicavano la presenza di qualcosa di pericoloso e sconosciuto. Il team scientifico era al lavoro per analizzare i dati, mentre il resto dell'equipaggio teneva costantemente sotto controllo la superficie.

Fu allora che si verificò il primo incidente. Uno dei membri dell'équipe scientifica fu trovato morto nella sua stanza. Il suo corpo era coperto di strani segni e non c'erano segni di lotta. Gli altri membri dell'équipe erano terrorizzati e cominciarono a fare ipotesi su ciò che poteva accadere sul pianeta. Da quel momento in poi, la tensione sulla nave divenne palpabile. I membri dell'equipaggio iniziarono ad avere sempre più strane visioni, a sentire rumori inspiegabili e a percepire la presenza di qualcosa di sempre più vicino. Fu allora che il capitano decise che bisognava prendere misure drastiche per proteggersi e ordinò a tutti i membri dell'equipaggio di portare sempre con sé delle armi.

Ma la situazione divenne ancora più pericolosa quando un altro membro dell'equipaggio scomparve misteriosamente. Nonostante gli sforzi per ritrovarlo, non fu possibile trovarne traccia. L'equipaggio era terrorizzato e sempre più convinto di trovarsi di fronte a qualcosa che andava oltre la loro comprensione. Il mistero che circondava il pianeta roccioso UB65 era diventato pericoloso e mortale e l'equipaggio si trovava in una situazione estremamente vulnerabile.

Cosa poteva nascondersi nell'ombra? Come potevano proteggersi dall'ignoto? Le risposte devono ancora essere scoperte, ma il prezzo potrebbe essere alto.

# Capitolo 7: La tensione cresce

Senza dubbio, il terrore li stava consumando. L'equipaggio era in costante allerta, cercando di scoprire qualsiasi indizio che potesse aiutarli a comprendere il mistero del pianeta roccioso UB65. Ma stava diventando sempre più difficile ignorare la paura che si nascondeva dietro ogni angolo. La nave era silenziosa, interrotta solo dal suono degli strumenti scientifici e dai sussurri nervosi dell'equipaggio. Tutti si sentivano osservati, seguiti da qualcosa che non potevano vedere. E nel mezzo della tensione, cominciarono ad accadere cose strane. Va detto che non c'era alcuna spiegazione perché la nave era completamente chiusa, quindi in teoria non sarebbe dovuto entrare nulla dall'esterno.

Il primo a notare qualcosa di strano è stato l'ufficiale Rocky Gina, responsabile delle comunicazioni, che ha riferito di aver ricevuto un segnale radio non rintracciabile. Gli scienziati cercarono di analizzare il segnale, ma non riuscirono a trovare una spiegazione razionale alla sua origine. Il segnale era un misto di voci umane, gorgoglii striduli e suoni strani, come se fosse una comunicazione distorta e disperata.

Improvvisamente, dall'altra parte della nave, un membro dell'equipaggio riferì di aver visto una strana figura nel corridoio, un essere dall'aspetto umanoide con tratti deformi e occhi luminosi. Fu allora che in quell'istante la paura divenne insopportabile e l'equipaggio iniziò a perdere la propria sanità mentale. Iniziarono a litigare tra loro, accusandosi a vicenda di nascondere informazioni o di essere coinvolti nel mistero. I membri dell'equipaggio erano diventati una minaccia per loro stessi e per la missione stessa. Erano tutti sospettosi l'uno dell'altro.

Così il capitano, il più sano del gruppo, dovette prendere misure estreme per mantenere il controllo e proteggere l'equipaggio. Ordinò un coprifuoco e limitò l'accesso ad alcune aree della nave ad alcuni membri. Ma la tensione stava aumentando ed era chiaro che stava per accadere qualcosa di terribile.

# Capitolo 8: La resa dei conti finale

Dopo qualche ora e un po' più tranquilli, decisero di lasciare la nave per affrontare una volta per tutte la cosa che li perseguitava. Dopo tutto, se dovevano morire, tanto valeva farlo in piedi, non da codardi, almeno così diceva il capitano. La squadra, armata fino ai denti, avanzò verso l'ingresso della struttura sotterranea. La tensione era palpabile e ognuno di loro sapeva che stava per affrontare qualcosa di pericoloso e sconosciuto.

Entrando nella struttura, si trovarono in un corridoio stretto e buio. I sensori indicavano che la fonte del mistero si trovava in profondità nella struttura. Mentre avanzavano, sentivano strani rumori e le loro luci illuminavano a malapena il loro percorso.

Improvvisamente, da qualche parte lungo il percorso, si imbatterono in una grande stanza con una luce fioca che sembrava provenire dalla parete. Avvicinandosi, scoprirono una porta che sembrava condurre a una stanza ancora più grande. Bisogna dire che tutto ciò che la circondava aveva un aspetto strano. Quando la aprirono, trovarono una camera gigantesca, con soffitti altissimi e un oggetto massiccio al centro. Non riuscirono a capire cosa fosse, ma riuscirono a percepire la sua energia terrificante.

All'improvviso, una figura scura apparve alle loro spalle. Era alta e muscolosa, con la pelle squamosa e gli occhi rossi incandescenti, in breve: era la bestemmia della vita. Emise un ruggito assordante e si precipitò su di loro.

La squadra sparò con le armi m16, ma sembrava che nulla potesse fermare la creatura. Fu allora che notarono che l'enorme oggetto al centro della stanza brillava intensamente. Fu allora che un'esplosione di luce accecante riempì la stanza e la creatura svanì nel nulla. L'oggetto al centro della stanza era scomparso e il mistero sembrava finalmente risolto.

Senza perdere tempo, la squadra lasciò la struttura, esausta ma sollevata per essere sopravvissuta allo scontro, che a loro dire non sapevano cosa fosse stato, e per alcuni sembrava il prodotto di un sogno. Tornarono alla loro nave, pronti a lasciarsi alle spalle il pianeta roccioso UB65 e i suoi oscuri segreti, e a non tornare mai più, per evitare che quella cosa apparisse di nuovo.

# Capitolo 9

Tornati sulla loro nave, la squadra si prese un momento di riposo per riflettere su ciò che avevano vissuto sul pianeta roccioso UB65. Tutti erano d'accordo sul fatto che era stata una delle missioni più pericolose ed emozionanti che avessero mai intrapreso.

Dopo aver esaminato i dati e le prove raccolte, sono riusciti a risolvere il mistero della struttura sotterranea e della terrificante creatura. Hanno scoperto che la struttura era stata costruita da un'antica civiltà extraterrestre scomparsa migliaia di anni fa. La creatura era il risultato di un esperimento fallito di quella civiltà, una creazione genetica divenuta incontrollabile e pericolosa. L'oggetto massiccio al centro della stanza era una fonte di energia estremamente potente, che era stata la causa dell'esplosione che forse aveva eliminato la creatura.

Una volta risolto il mistero, la squadra si preparò a tornare a casa e a presentare le proprie scoperte all'azienda. Sapevano che questa missione sarebbe stata ricordata a lungo ed erano orgogliosi di averne fatto parte.


All'atterraggio sulla Terra, il team è stato accolto da applausi e congratulazioni. Il successo della missione aveva assicurato loro un posto nella storia dell'esplorazione spaziale.

# Capitolo 10

Il team della missione UB65 sui pianeti rocciosi si è disperso in diverse direzioni dopo il successo della spedizione. Alcuni si sono ritirati, altri si sono uniti a nuove missioni di esplorazione spaziale. Tuttavia, tutti loro porteranno sempre con sé l'esperienza condivisa su quel pianeta roccioso e il mistero risolto insieme. L'esplorazione spaziale non sarebbe più stata la stessa per loro dopo quella missione, e tutti si sentirono più uniti come squadra e come amici.

Il pianeta roccioso UB65 è diventato una leggenda tra gli esploratori spaziali e la storia dell'antica civiltà aliena e della terrificante creatura.


Anni dopo, alcuni viaggiatori spaziali che passavano vicino al pianeta roccioso UB65 affermarono di aver visto strane luci incandescenti e di aver sentito urla terrificanti che sembravano provenire dalla sua superficie. Sebbene nessuno potesse confermare queste affermazioni, molti continuavano a credere che qualcosa di sinistro si celasse ancora sotto quel pianeta maledetto. E proprio per questo motivo, almeno nessun governo o equipaggio di società affermate osò mai più recarvisi. Tuttavia, tra i viaggiatori si racconta che i pirati spaziali hanno osato scendere laggiù e si sa se sono riusciti a tornare.

# L'assassino del popolo Safara

## La leggenda dell'assassino di Safara

Nel piccolo villaggio di montagna di Safara esisteva una leggenda su un assassino che perseguitava le sue vittime di notte. Si diceva che l'assassino apparisse solo nelle notti di luna piena, quando la nebbia ricopriva il villaggio e le luci si spegnevano.

Gli abitanti del villaggio hanno raccontato storie terribili sull'assassino, che secondo loro aveva uno sguardo freddo e crudele. Raccontavano di come l'assassino attaccasse le sue vittime senza preavviso e che, per quanto forti fossero, non potevano fare nulla per fermarlo.

La leggenda era stata tramandata di generazione in generazione e, sebbene non fosse mai stata trovata una prova concreta dell'esistenza dell'assassino, nessuno osava uscire nelle notti di luna piena.

Un giorno, il corpo senza vita di una giovane donna fu trovato nella foresta che circondava il villaggio. Gli abitanti di Safara furono presi dalla paura e dal panico, poiché si trattava del primo omicidio da decenni. La gente cominciò a sospettare che il leggendario assassino fosse tornato e che il villaggio non fosse al sicuro. Le voci si diffusero in città a macchia d'olio e la gente cominciò a chiudere a chiave le porte di notte. La paura e la paranoia attanagliavano la città e tutti si chiedevano chi potesse essere l'assassino e quale sarebbe stato il suo prossimo obiettivo.

La polizia arrivò nel villaggio per indagare sul caso, ma non trovò alcun indizio sull'assassino. La leggenda aveva preso vita e Safara era di nuovo immersa nell'oscurità della paura e dell'incertezza.

# Lo strano visitatore in città

L'arrivo del detective nel villaggio di Safara portò una ventata di aria fresca alle indagini sull'omicidio. Era un uomo dall'aspetto severo, con un'espressione dura e un'abilità nell'individuare le bugie. Aveva indagato su molti casi simili a quello di Safara e la sua reputazione lo precedeva.

Il detective si presentò alla stazione di polizia della città e la gente notò che era un uomo diverso da quelli che avevano visto prima. I suoi occhi erano profondi e scuri e sembrava essere in grado di vedere attraverso i muri. Gli abitanti di Safara si sentirono a disagio in sua presenza, ma gli furono grati per il suo aiuto nella risoluzione del caso.

Il detective iniziò a fare domande agli abitanti della città, cercando di trovare indizi sull'assassino. Ma sembrava che nessuno sapesse nulla. C'erano molte voci e leggende sull'assassino, ma niente di concreto che potesse aiutare le indagini.

Tuttavia, il detective notò qualcosa di strano nel villaggio. C'era un uomo che stava sempre nell'ombra, osservando da lontano. Il detective decise di seguire l'uomo e scoprì che si trattava di uno strano visitatore della città. L'uomo era arrivato in città poco prima del primo omicidio e non sembrava avere alcun motivo per essere lì. Non aveva parenti o amici a Safara e alloggiava in un motel economico alla periferia della città.

Il detective iniziò a indagare sullo strano visitatore e scoprì che il suo passato era oscuro. Era stato coinvolto in diversi casi di omicidio altrove, ma non era mai stato catturato dalla polizia. Il detective si rese conto che quest'uomo poteva essere l'assassino che stava cercando.

Tuttavia, non c'erano prove sufficienti per arrestare lo strano visitatore e il detective decise di seguirlo con discrezione per ottenere maggiori informazioni. Sapeva di dover essere cauto, perché se lo strano visitatore si fosse accorto di essere seguito, avrebbe potuto sparire per sempre.

Inizia così un teso inseguimento in cui il detective cerca di scoprire la verità sullo strano visitatore, che continua a camminare per la città.

# Il primo avvistamento dell'assassino

La tensione nella città di Safara continuava a crescere, mentre il numero delle vittime continuava ad aumentare. Nonostante gli sforzi del detective per trovare l'assassino, sembrava che fosse sempre un passo avanti.

Un giorno Ana, una giovane studentessa che era solita passeggiare per le strade della città per andare all'università, decise di fare una passeggiata nella piazza principale dopo la lezione. Era una giornata di sole e la piazza era piena di gente, ma Ana si sentì a disagio quando notò che la maggior parte delle persone evitava di guardarsi negli occhi.

Mentre camminava, Anne notò un uomo incappucciato che sembrava seguirla da lontano. All'inizio pensò che fosse la sua immaginazione, ma dopo qualche minuto di cammino l'uomo era ancora lì, in piedi nell'ombra e la osservava. Anne cercò di ignorarlo e continuò a camminare, ma cominciò a sentirsi sempre più nervosa. Quando raggiunse l'angolo, vide l'uomo incappucciato uscire dall'ombra e camminare verso di lei. Anne iniziò a camminare più velocemente, ma l'uomo la raggiunse e le afferrò il braccio.

Anne urlò, ma l'uomo le coprì la bocca e le sussurrò all'orecchio: "Non urlare, vieni con me". Ana cercò di scappare, ma l'uomo era forte e la trascinò in un vicolo buio e deserto. Quando arrivarono alla fine del vicolo, l'uomo lasciò andare Ana e la spinse contro il muro. Ana si spaventò ancora di più quando l'uomo tirò fuori un coltello e cominciò a puntarglielo alla gola.

All'improvviso, Ana sentì una voce alle sue spalle. "Fermo, mani in alto!", gridò il detective puntando la pistola contro l'assassino. L'uomo incappucciato lasciò andare Ana e iniziò a correre, ma il detective riuscì a prenderlo dopo un breve inseguimento.

Ana è crollata a terra e al suo risveglio si trovava in un'ambulanza, sottoposta alle cure dei paramedici. Il detective le disse che l'uomo che l'aveva aggredita era l'assassino che uccideva le persone a Safara. Ana non avrebbe mai dimenticato quel giorno e la città di Safara non sarebbe più stata la stessa dopo il primo avvistamento dell'assassino.

# Omicidio nel cimitero

La città di Safara era sotto shock dopo la scoperta del primo omicidio. Il detective incaricato del caso lavorava senza sosta per trovare l'assassino, ma sembrava che fosse sempre un passo avanti.

Una notte, un gruppo di giovani si avventurò nel cimitero del villaggio in cerca di emozioni. Si diressero verso la tomba più antica del luogo, dove si diceva fosse stato sepolto un famoso criminale del passato.

Mentre esplorano il cimitero, sentono uno strano rumore e si rendono conto che qualcuno li sta seguendo. Nonostante abbiano cercato di fuggire, l'assassino li ha raggiunti rapidamente. I ragazzi hanno cercato di respingerlo, ma l'assassino era forte e abile. Uno dopo l'altro, i giovani furono uccisi con un coltello affilato e le loro urla di terrore riecheggiarono in tutto il cimitero. L'unica che riuscì a fuggire fu una ragazza di nome Laura, che riuscì a nascondersi dietro una lapide prima che l'assassino la trovasse.

Dopo aver aspettato per ore in silenzio, Laura decise finalmente di uscire dal nascondiglio e di correre verso l'uscita del cimitero. Arrivata in strada, incontra il detective che sta arrivando sul posto dopo aver ricevuto una chiamata anonima. Laura raccontò al detective quello che era successo e insieme entrarono nel cimitero alla ricerca dell'assassino. Alla fine trovarono l'assassino nascosto dietro un albero, con i vestiti insanguinati e il coltello in mano.

Il detective ha cercato di fermare l'assassino, ma questi ha tentato di fuggire. Dopo un intenso inseguimento attraverso il cimitero, il detective riuscì a metterlo alle strette. Interrogato, l'assassino disse che aveva ucciso i giovani perché si erano intromessi nel suo territorio e che era pronto a fare qualsiasi cosa per proteggerlo. Dopo un abile stratagemma, gettando via il coltello, si gettò in un burrone e riuscì a fuggire. La notizia dell'omicidio nel cimitero scosse la città di Safara e la gente cominciò a temere per la propria vita. Il detective sapeva di dover trovare l'assassino prima che facesse altri danni, ma sapeva che non sarebbe stato facile.

# L'escalation di violenza dell'assassino

Dopo l'omicidio nel cimitero, la città di Safara era in stato di massima allerta. La gente aveva paura di uscire per strada e molte attività commerciali chiudevano presto la sera. L'escalation di violenza dell'assassino stava aumentando e i suoi attacchi si facevano sempre più brutali. Il detective lavorava instancabilmente al caso, ma sembrava che l'assassino fosse sempre un passo avanti. Ogni volta che si avvicinavano alla sua cattura, l'assassino riusciva a fuggire.

Una notte, una coppia di anziani che tornava dalla chiesa è stata aggredita dall'assassino in una strada buia. L'uomo è stato accoltellato più volte e la donna è stata brutalmente picchiata. Miracolosamente, la donna riuscì a sopravvivere e fu trasportata d'urgenza in ospedale. Il detective sapeva di dover fare qualcosa per fermare l'assassino prima che ci fossero altre vittime. Decise di organizzare una retata in tutta la città, per vedere se riuscivano a trovare qualche indizio su dove si trovasse questo soggetto maledetto. Durante l'irruzione, nella casa dell'assassino fu trovato un diario in cui erano descritti dettagliatamente tutti i suoi crimini. Trovarono anche vecchi ritagli di giornale che raccontavano di altri omicidi simili nelle città vicine.

I detective si sono resi conto che l'assassino non era estraneo alla zona, ma operava da anni, senza essere scoperto. Hanno anche scoperto che l'assassino aveva un complice nel villaggio che lo assisteva nella pianificazione degli attacchi. Con le nuove informazioni in mano, il detective è riuscito a localizzare il complice dell'assassino e lo ha portato alla stazione di polizia per interrogarlo. Dopo un'intensa sessione di interrogatori, il complice ha infine confessato che l'assassino aveva un nascondiglio nella foresta, dove teneva tutti gli attrezzi e gli effetti personali.

Il detective ha organizzato una squadra di ricerca per trovare il nascondiglio dell'assassino nella foresta e alla fine è riuscito a trovarlo. All'interno del nascondiglio sono stati trovati il coltello usato per gli attacchi e altri effetti personali del colpevole.

# La trappola dell'assassino

Dopo aver trovato il nascondiglio dell'assassino, il detective e la sua squadra erano certi di aver catturato l'uomo responsabile dei brutali omicidi che avevano terrorizzato Safara per mesi. Le prove non potevano essere sbagliate.

Ma proprio quando il processo stava per iniziare, il detective ricevette una telefonata anonima che indicava che mancava un pezzo importante del caso. La telefonata è stata breve, ma la voce sembrava inquietante e il collegamento è stato interrotto prima che il detective potesse fare domande. Incuriosito, il detective decise di indagare ulteriormente e incontrò un giornalista locale che si era occupato del caso fin dall'inizio. Insieme hanno trovato nuove piste e hanno deciso di creare una trappola per attirare l'assassino.

La trappola sembrò funzionare, poiché poco dopo ricevettero una telefonata dall'assassino, che si presentò come il vero killer dietro i crimini di Safara. Il detective e il giornalista lo convocarono in un luogo pubblico, con la scusa di un'intervista esclusiva per il giornale locale. L'assassino arrivò nel luogo concordato, ma quando incontrò il detective e il giornalista, qualcosa sembrò non andare per il verso giusto. L'assassino sembrava più calmo e sicuro di sé di quanto il detective e il giornalista si aspettassero.

All'improvviso, l'assassino si rivela e li accusa di averlo incastrato. La telefonata anonima e gli indizi facevano tutti parte del suo piano per attirare il detective e il giornalista nella sua trappola. L'assassino aveva lasciato un cartello nel nascondiglio per indicare che mancava un tassello al caso, sapendo che il detective avrebbe indagato e creato una trappola per lui. L'assassino, con il detective e il giornalista in trappola, rivelò di non essere l'unico assassino in città. A Safara c'era un gruppo segreto di persone che condividevano il suo amore per la violenza e l'omicidio e che avevano pianificato tutto fin dall'inizio.

Il detective e il giornalista si rendono conto di essere caduti nella trappola dell'assassino e che la loro vita è in pericolo. Ma prima che potessero reagire, sono stati sorpresi dal gruppo segreto, che li ha presi in ostaggio e portati in un luogo sconosciuto.

L'assassino e il gruppo segreto sembravano avere piani più grandi e oscuri per la città di Safara, e il detective e la giornalista si trovavano in mezzo a tutto questo.

# La verità sull'assassino di Safara

Il detective e il giornalista erano intrappolati nelle mani del gruppo segreto di Safara, che sembrava avere piani più grandi e oscuri per la città. Dopo diversi giorni di prigionia, il detective e il giornalista riuscirono a fuggire dai loro rapitori e si diressero alla stazione di polizia per informare le autorità. Dopo un interrogatorio approfondito, il detective e il giornalista sono stati rilasciati e il gruppo segreto è stato arrestato. Ma mentre il detective e la sua squadra si concentravano sul gruppo segreto, la voce misteriosa che aveva chiamato in precedenza continuava a riecheggiare nella sua testa. Chi era questa persona e qual era il suo ruolo in tutto questo?

Determinato a trovare delle risposte, il detective ha indagato nuovamente sul caso dall'inizio. Alla fine, dopo molti sforzi, è riuscito a trovare la chiave per risolvere il mistero dell'assassino di Safara.

La verità dietro l'assassino era molto più complessa di quanto si pensasse. Il vero assassino dietro i crimini era una persona che nessuno aveva mai sospettato e che aveva manipolato tutto dall'ombra. Il serial killer che aveva terrorizzato Safara era in realtà il figlio del sindaco della città, ossessionato dall'omicidio fin da bambino. Aveva collaborato con il gruppo segreto per orchestrare gli omicidi a Safara ed era riuscito a mantenere segreta la sua identità per tutto questo tempo.

Il detective fu scioccato dalla rivelazione, ma sollevato per aver finalmente risolto il caso. Tuttavia, la vera sfida doveva ancora arrivare: come poteva il detective assicurare il figlio del sindaco alla giustizia per i suoi crimini senza distruggere il prestigio e la reputazione della famiglia del sindaco? Come poteva il detective assicurare che Safara non avrebbe mai più affrontato una simile crisi? Le domande continuavano a vorticare nella sua mente mentre il detective e la sua squadra si preparavano a compiere il passo successivo nella loro indagine. La verità dietro l'assassino era più complessa di quanto avesse immaginato, ma la risoluzione del caso era ora nelle sue mani.

# La caccia all'assassino

Una volta scoperta la verità sull'assassino di Safara, il detective e la sua squadra si prepararono per la caccia finale all'assassino. Sapevano che il figlio del sindaco era diventato sempre più pericoloso e disperato e che dovevano catturarlo prima che potesse commettere altri omicidi. Dopo aver indagato a fondo e seguito le piste, la squadra ha finalmente trovato il luogo in cui si trovava l'uomo maledetto. Si nascondeva in una casa abbandonata alla periferia della città, circondata da trappole e misure di sicurezza.

La squadra investigativa era nervosa mentre si avvicinava alla casa abbandonata. Sapevano di dover affrontare un serial killer trentenne pericoloso e squilibrato. Dopo essersi assicurati di essere ben equipaggiati e pronti ad affrontare qualsiasi situazione, hanno fatto irruzione nella casa.

La casa era buia e tetra e la squadra investigativa avanzò con cautela, controllando ogni stanza. Alla fine trovarono l'assassino nascosto in un angolo buio, con uno sguardo di follia negli occhi.

L'assassino cercò di resistere, ma alla fine fu catturato e consegnato alla giustizia a suon di botte. Fu processato e condannato all'ergastolo per i suoi crimini. La popolazione di Safara poté finalmente tirare un sospiro di sollievo, sapendo che il pericolo era stato eliminato.

Ma per il detective c'era una sensazione di incompletezza. Aveva trascorso molto tempo a indagare sul caso dell'assassino di Safara e aveva affrontato molte sfide lungo il percorso. Ora che era tutto finito, cosa sarebbe successo dopo? Quale sarebbe stato il suo prossimo caso? Il detective sapeva che non avrebbe mai smesso di perseguire la verità e non vedeva l'ora di affrontare qualsiasi sfida lo attendesse in futuro.

# Il ritorno dell'assassino

Il detective aveva pensato che il caso dell'assassino di Safara fosse chiuso, ma si sbagliava. Mesi dopo, in una notte di pioggia, ricevette una telefonata che segnalava un nuovo omicidio in città. Quando arrivò sulla scena del crimine, il detective si rese conto che gli indizi portavano all'assassino di Safara, il che era incredibile. Sembrava che l'assassino fosse tornato e stesse uccidendo di nuovo. Il detective non riusciva a credere a ciò che stava accadendo: aveva catturato l'assassino e lo aveva rinchiuso in prigione, come poteva essere fuggito?

Il detective si rese conto che c'era in gioco qualcosa di più grande, qualcosa che era passato inosservato. Ricordò l'ossessione dell'assassino per il numero sette e capì che c'era un'ultima vittima che non era stata contata. Una vittima che sarebbe stata la settima.

Il detective lavorò instancabilmente per trovare la settima vittima prima che fosse troppo tardi. Cercò indizi ovunque e alla fine giunse alla conclusione che l'ultima vittima sarebbe stata il giudice che aveva condannato l'assassino di Safara. Quando il detective arrivò a casa del giudice, trovò la scena più terrificante che avesse mai visto. L'assassino era arrivato prima e aveva ucciso il giudice e la sua famiglia in modo raccapricciante, e quando dico raccapricciante, intendo raccapricciante. Il detective si rese conto che l'assassino non solo era evaso dalla prigione, ma aveva anche pianificato la sua vendetta per tutto questo tempo.

Il detective sapeva che non c'era tempo da perdere. Ricominciò a lavorare per trovare l'assassino, sapendo che il numero delle vittime sarebbe aumentato se non lo avesse fermato al più presto. Ma nonostante tutti i suoi sforzi, l'assassino rimaneva inafferrabile.

La cosa peggiore è che gli anni passarono e... Il detective non trovò mai più l'assassino, e gli abitanti di Safara vissero nel terrore per anni, guardandosi sempre alle spalle, senza sapere quando l'assassino sarebbe tornato a uccidere. Il caso dell'assassino di Safara non fu mai risolto e la possibilità di un suo ritorno era sempre presente, lasciando la città in un costante stato di paura e paranoia.

# Il mistero del libro dei segni maledetti

## La scoperta del libro

La storia inizia con un gruppo di archeologi che scavano una tomba antica nel mezzo del deserto. Nella loro ricerca, trovano un libro antico e polveroso in una stanza segreta dietro un muro di pietra scolpito. Il libro non ha un titolo sulla copertina, ma solo una strana iscrizione in una lingua sconosciuta.

Uno degli archeologi, il dottor Eduardo Torres, è incuriosito dal libro e decide di portarlo con sé per ulteriori analisi. Nel frattempo, il resto della squadra continua a indagare sulla tomba.

Tuttavia, durante la notte, il dottor Torres inizia a provare uno strano senso di inquietudine. Aprendo il libro, si rende conto che è pieno di segni strani e minacciosi che non riesce a capire. Mentre continua a sfogliare il libro, inizia a sentirsi sempre più inquieto e turbato. All'improvviso, un forte vento inizia a soffiare all'esterno, facendo tremare violentemente le porte e le finestre della stanza. Il dottor Torres si rende conto con sgomento che i segni del libro sembrano prendere vita e percepisce che qualcosa di oscuro e malvagio lo sta osservando da un angolo esterno.

Spaventato, chiude il libro e cerca di dormire, ma non riesce a liberarsi dalla sensazione che qualcosa di terribile stia per accadere. All'alba, l'équipe archeologica trova il dottor Torres morto nella sua stanza, con un'espressione di terrore congelata sul volto e il viso un po' cadaverico. Il libro giace aperto in grembo, con i segni scuri che brillano alla luce del sole che filtra dalla finestra.

E proprio da quel momento, l'intero gruppo di archeologi inizia a sperimentare strani eventi che sembrano essere collegati a quel misterioso libro. Cominciano a rendersi conto di aver trovato qualcosa di molto più pericoloso di quanto immaginassero e che la loro vita potrebbe essere appesa a un filo.

# Capitolo 2

Dopo la misteriosa morte della dottoressa Torres, il team di archeologi decide di indagare ulteriormente sul libro. Ben presto scoprono che i segni al suo interno sembrano essere legati al verificarsi di una serie di eventi fatali.

All'inizio i segnali sono molto sottili, come un semplice brivido nell'aria, una strana ombra che si muove in un angolo della stanza o una strana sensazione di essere osservati. Con il passare del tempo, però, i segnali iniziano a diventare più evidenti e preoccupanti. I membri del team iniziano ad avere preoccupazioni ricorrenti di figure oscure e sconosciute che li perseguitano. Alcuni di loro iniziano ad accusare intensi mal di testa, nausea e vomito inspiegabile. Notano anche che gli animali dell'area circostante sembrano essere diventati irrequieti e insolitamente aggressivi.

Inoltre, i segni del libro sembrano assumere una vita propria, cambiando inspiegabilmente posizione ed emettendo una strana aura oscura che disturba gli archeologi che li osservano. Sembra persino che sentano una voce sussurrante nella loro mente, che sussurra in una lingua sconosciuta e sinistra che non li lascia in pace.

I membri iniziano a percepire che qualcosa di oscuro e malvagio li sta perseguitando e si rendono conto che devono trovare un modo per fermare i segni prima che sia troppo tardi. Ma come possono combattere contro qualcosa che non possono né vedere né comprendere appieno?

La tensione e la paura nella squadra aumentano con l'intensificarsi dei segnali inquietanti e sanno di essere in una corsa contro il tempo per svelare il mistero del libro dei segni maledetti e proteggersi dalle forze oscure che sembra aver scatenato.

# Capitolo 3

I membri del team archeologico continuano a indagare sul libro dei segni maledetti, ma i segnali sinistri diventano sempre più intensi. Oltre ai sogni inquietanti e ai mal di testa, iniziano a notare strani comportamenti negli animali che vivono intorno al sito: dagli uccelli ai cani, alcuni abitanti del luogo vengono attaccati a morte e per questo motivo la gente non esce la sera fuori dalla foresta.

Gli uccelli sembrano agitati e volano in cerchio senza alcun senso apparente, mentre i cani e i gatti locali sono più aggressivi e nervosi del solito. Anche le mucche e i cavalli in campagna sembrano irrequieti e riluttanti a lasciare le loro stalle.

La situazione diventa ancora più strana quando iniziano a notare che gli animali sembrano seguire schemi strani e innaturali. Gli uccelli volano in strane formazioni e sembrano seguire uno schema specifico nel cielo, mentre gli animali terrestri camminano in linea retta senza deviare, come se seguissero una sorta di percorso invisibile.

Gli archeologi iniziano a sospettare che i segni del libro possano influenzare la vita degli animali nell'area circostante. Tuttavia, non sanno come fermare gli effetti del libro e proteggere gli animali e loro stessi. Nel frattempo, i segni del libro sembrano crescere in complessità e quantità. Gli archeologi si rendono conto di essere in una corsa contro il tempo per svelare il mistero del libro prima che sia troppo tardi.

# Capitolo 4

Dopo una lunga notte insonne, uno degli archeologi si sveglia con una sensazione di ansia e malessere allo stomaco e un pizzico di diarrea. All'inizio pensa che si tratti semplicemente dello stress e della tensione accumulati durante la ricerca del libro, ma presto si rende conto che c'è dell'altro. Ogni volta che chiude gli occhi, si ritrova nel mezzo di un incubo ricorrente che lo terrorizza. Nell'incubo si trova in una specie di labirinto buio e senza fine, dove le pareti sembrano fatte di segni del libro dei segni maledetti e sullo sfondo appare un essere macabro e senza volto.

Mentre si muove nel labirinto, i segni iniziano a muoversi e a cambiare e presto si rende conto di essere inseguito da qualcosa che non riesce a vedere. Sente un alito caldo sul collo e sente passi pesanti dietro di sé. Ogni volta che si sveglia, sente intorno a sé la presenza oscura e minacciosa dell'incubo. Non può sfuggirvi e si sente sempre più intrappolato nel labirinto di segni, da cui la spiegazione della paura e del fatto che il suo corpo produce escrementi liquidi sotto forma di rivolo nella realtà, da cui il motivo per cui è stato trovato a cagare.

Il resto della squadra inizia a notare il suo strano comportamento e la mancanza di sonno. Cominciano a preoccuparsi per lui e per l'influenza del libro dei segni maledetti sulla sua salute mentale. Ma quando provano a parlargli del suo incubo ricorrente, si rendono conto che tutti loro hanno avuto strani e inquietanti incubi legati al libro.

Gli archeologi sono ormai del tutto certi che il libro dei segni maledetti stia influenzando non solo gli animali e la natura, ma anche le loro menti e i loro sogni. Il libro sembra essere collegato a una sorta di forza oscura e soprannaturale che sta prendendo il controllo delle loro vite e di ogni cosa.

# Capitolo 5

Dopo giorni di studio del libro dei segni maledetti, uno degli archeologi scompare senza lasciare traccia. Gli altri membri della squadra si accorgono della sua assenza quando tornano alla tenda principale dopo una giornata di duro lavoro sul sito di scavo.

Preoccupati e confusi, iniziano a cercarlo nell'area circostante, ma non trovano alcun indizio su dove si trovi. Le uniche cose che trovano sono alcune pagine sciolte del libro dei segni maledetti vicino alla sua tenda. Ben presto, gli incubi ricorrenti che avevano sperimentato in precedenza tornano con maggiore intensità e iniziano ad avere allucinazioni e strane visioni. Sembra che il libro stia esercitando un'influenza ancora maggiore sulle loro menti.

Con l'aggravarsi della situazione, gli archeologi si rendono conto che sta accadendo qualcosa di sinistro. La scomparsa del loro collega e le strane visioni che sperimentano sembrano essere collegate al libro dei segni maledetti. Temendo di essere i prossimi a scomparire, gli archeologi decidono di lasciare il sito di scavo e di tornare in città per informare le autorità. Tuttavia, si rendono presto conto che non possono sfuggire così facilmente all'influenza del libro.

Mentre si dirigono verso la città, iniziano a percepire che qualcuno li sta inseguendo. Sentono il rumore dei passi dietro di loro e percepiscono la presenza oscura e minacciosa che li ha inseguiti per tutto il tempo. Poi, improvvisamente, uno degli archeologi scompare nel cuore della notte, senza lasciare traccia. Gli altri si rendono conto di non sapere chi o cosa ci sia dietro le loro sparizioni e visioni. Con la paura e la paranoia crescenti, gli archeologi si chiedono se riusciranno a sopravvivere alla maledizione del libro dei segni maledetti o se anche loro scompariranno senza lasciare traccia.

# Capitolo 6

Dopo la scomparsa di un altro loro collega, gli archeologi sono più spaventati e confusi che mai, e molti sono defedati. Decidono di rifugiarsi in un piccolo villaggio vicino al sito di scavo, in cerca di aiuto e protezione.

Lì incontrano un misterioso vecchio che sembra sapere molto sulla maledizione del libro dei segni maledetti. Il vecchio li avverte che sono in grave pericolo e dice loro che il libro è un oggetto malvagio che non avrebbe mai dovuto essere trovato. Il vecchio racconta loro la leggenda di un'antica tribù che aveva nascosto il libro in una tomba segreta per proteggere il mondo dalla sua influenza malefica. Tuttavia, col tempo, il libro è stato scoperto da archeologi desiderosi di trovare tesori perduti e ora la maledizione è stata liberata.

Il vecchio dice anche che l'unico modo per spezzare la maledizione è riportare il libro al suo luogo di riposo finale nella tomba segreta della tribù. Tuttavia, questo è più facile a dirsi che a farsi, poiché la posizione esatta della tomba è sconosciuta. Nonostante gli avvertimenti del vecchio, gli archeologi decidono di continuare la ricerca del libro nel tentativo di svelare il mistero dietro la maledizione.

Ma man mano che si addentrano nelle profondità del sito di scavo, iniziano a rendersi conto che la maledizione è reale e che sono in costante pericolo. Gli incubi e le strane visioni si intensificano e diventa sempre più difficile distinguere la realtà dalla fantasia.

Nel frattempo, il misterioso vecchio continua ad apparire nei sogni degli archeologi, ricordando loro l'importanza di riportare il libro al suo luogo di riposo finale prima che sia troppo tardi.

# Capitolo 7

Dopo intensi incubi e incontri con il misterioso vecchio, gli archeologi decidono di cercare altre informazioni sulla tribù e sul libro in una biblioteca vicina. Lì trovano vecchi libri polverosi che sembrano contenere informazioni sulla tribù e sulla sua cultura. Dopo ore di ricerca, trovano un antico manoscritto che descrive la tomba segreta della tribù. Il manoscritto descrive che la tomba si trova in una grotta tra le montagne, circondata da un lago cristallino. Inoltre, menziona i rituali necessari per spezzare la maledizione del libro dei segni maledetti.

Gli archeologi prendono nota di tutte le informazioni e decidono di partire per le montagne alla ricerca della grotta e della tomba segreta della tribù. Tuttavia, il viaggio non è facile. Le montagne sono insidiose e il tempo è imprevedibile. Inoltre, la maledizione del libro sembra averli seguiti, poiché lungo il cammino sperimentano strane visioni e presenze maligne. Alla fine, dopo un lungo cammino di oltre 8 ore, raggiungono la grotta e scoprono il lago cristallino descritto nel manoscritto. Ma scoprono anche di non essere soli. Un gruppo di persone misteriose si trova lì e sembra che anche loro stiano cercando il libro dei segni maledetti. Gli archeologi si rendono conto di dover agire in fretta se vogliono evitare che il libro finisca nelle mani sbagliate.

Decidono di usare i rituali descritti nel manoscritto per spezzare la maledizione del libro e riportarlo al suo luogo di riposo finale nella tomba segreta della tribù. Ma mentre eseguono i rituali, si rendono conto che anche il misterioso popolo li sta osservando e potrebbe cercare di fermarli.

# Capitolo 8

Dopo aver trovato la grotta e il lago cristallino, gli archeologi decidono di eseguire il rituale descritto nell'antico manoscritto per spezzare la maledizione del libro dei segni maledetti. Ma prima di iniziare, decidono di fare una pausa per riposare e prepararsi. Sanno che il rituale è pericoloso e devono essere pronti ad affrontare qualsiasi cosa possa accadere.

Mentre si riposano, uno degli archeologi inizia ad avere la strana sensazione che qualcosa non vada. Sente che sono osservati e che qualcosa di oscuro si nasconde nell'ombra. Tuttavia, gli altri pensano che sia solo la loro immaginazione e decidono di continuare. Cominciano a preparare il rituale, che prevede la combustione di alcune erbe e la recitazione di antiche parole di potere. Ma mentre procedono, iniziano a notare dei cambiamenti nell'ambiente circostante. Le ombre si allungano, il vento diventa freddo e l'acqua del lago inizia a muoversi violentemente. L'aria si riempie di un odore sgradevole e un senso di pericolo incombe su di loro. All'improvviso, le erbe iniziano a bruciare di uno strano fuoco scuro e le parole di potere che recitano sembrano riecheggiare nell'aria in modo sinistro.

È allora che iniziano a vedere le forme scure che si muovono nell'ombra. Si tratta di figure umanoidi con occhi luminosi e lineamenti contorti, che iniziano ad avvicinarsi lentamente agli archeologi. Gli archeologi cercano di continuare il rituale, ma le figure scure li circondano e iniziano a trascinarli nell'ombra. È allora che uno degli archeologi si rende conto di aver commesso un errore nel recitare le parole del potere e di aver evocato qualcosa che non avrebbe dovuto essere evocato.

La tensione raggiunge l'apice quando gli archeologi lottano per la loro vita e cercano di annullare il rituale che hanno iniziato. Ma è troppo tardi: la creatura oscura è stata evocata e sembra desiderosa di vendicarsi di coloro che l'hanno risvegliata.

# Capitolo 9

Dopo il fallimento del rituale di evocazione, gli archeologi tornano al loro accampamento con un senso di fallimento e paura nel cuore. Sanno di aver liberato qualcosa di oscuro e pericoloso e non sanno come controllarlo. Ma almeno sono tornati vivi, dicono a se stessi come forma di consolazione.

Ma con il passare dei giorni, i segnali inquietanti si fanno più frequenti. Gli animali della foresta continuano a mostrare strani comportamenti e gli archeologi iniziano ad avere incubi ricorrenti sulle figure oscure che li circondavano al lago. Inoltre, gli strani segni del libro dei segni maledetti appaiono ovunque. Sugli alberi, sulle rocce, persino sulla pelle degli archeologi. I segni sembrano bruciare e far male, e ogni volta che appaiono il senso di pericolo si intensifica.

Gli archeologi iniziano nuovamente a indagare sul libro e sulla sua storia. Scoprono che è stato creato secoli fa da un culto oscuro che venerava un'antica e potente creatura e che usava il libro per evocarla ed eseguire i propri ordini. Ma alla fine il culto fu distrutto dalle forze del bene e il libro andò perso nel tempo, ovviamente fino ad oggi.

Gli archeologi iniziano a rendersi conto che il libro dei segni maledetti è molto più pericoloso di quanto pensassero inizialmente. Non si tratta solo di un antico libro maledetto, ma di uno strumento di potere oscuro che è stato liberato dalla sua prigione. Gli archeologi tentano di distruggere il libro nel fuoco, ma scoprono che è impossibile. Il libro sembra essere vivo e ogni volta che tentano di bruciarlo o distruggerlo, al suo posto compaiono i segni dei segni maledetti.

La tensione nell'accampamento cresce man mano che gli archeologi si rendono conto di essere intrappolati in una situazione che non possono controllare, alcuni gridano di paura, altri se la fanno letteralmente sotto. La creatura che hanno evocato sembra avvicinarsi ogni giorno di più e loro non sanno come fermarla.

# Capitolo 10

Gli archeologi sono disperati. Non sanno come fermare la creatura che hanno scatenato e i segni maledetti diventano ogni giorno più frequenti e potenti.

È allora che uno degli archeologi, giovane e ambizioso, ha un'idea terribile. Sa che la creatura che hanno evocato ha bisogno di un sacrificio umano per essere felice e non distruggere tutto ciò che incontra. Se riusciranno a offrirle un sacrificio, forse potranno controllarla ed evitare una catastrofe.

Tuttavia, gli altri archeologi si rifiutano di prendere in considerazione l'idea, ma il giovane va avanti con il suo piano. Con l'aiuto di alcuni abitanti del luogo, trova una vittima adatta: un mendicante che vive nella foresta. Utilizzando tattiche ingannevoli, il giovane porta il mendicante nel luogo vicino al lago, lo lega con la forza e inizia a eseguire un rituale sacrificale. Ma le cose vanno terribilmente male. La creatura sembra essere fuori controllo e non è soddisfatta del sacrificio. Al contrario, inizia ad attaccare gli archeologi e la gente del posto, causando un caos e una distruzione inimmaginabili.

Gli archeologi cercano di fuggire, ma la creatura sembra essere ovunque. Mentre si fanno strada nella foresta, si rendono conto che forse questa volta non ci sarà scampo.

# Capitolo 11

Gli archeologi sono stati inseguiti dalla creatura da quando sono fuggiti dal luogo del sacrificio. Sono esausti e feriti e hanno sempre più difficoltà a rimanere uniti.

In un momento di riposo, decidono che è meglio dividersi in gruppi più piccoli per cercare di sfuggire alla creatura. Ma la creatura sembra sapere esattamente dove si trovano in ogni momento e ogni gruppo viene inseguito e attaccato da forme diaboliche.

Una delle archeologhe, una donna di nome Laura, ha un'idea. Ricorda che durante le ricerche in biblioteca ha trovato informazioni su un incantesimo di protezione che potrebbe essere la loro unica speranza di sopravvivenza. Se riuscissero a trovare gli ingredienti necessari per l'incantesimo, forse potrebbero farlo funzionare.

Il problema è che gli ingredienti sono rari e pericolosi da ottenere. Si tratta del sangue di un animale mitico e delle radici di una pianta velenosa che cresce solo nelle profondità della foresta. Tuttavia, decidono di non avere scelta. Dividono il gruppo in due, sperando che almeno uno dei due gruppi sia in grado di ottenere gli ingredienti necessari, lanciare l'incantesimo e fuggire.

Ma entrambi i gruppi sono inseguiti dalla creatura e il tempo sta per scadere. Disperato, uno dei gruppi decide di cercare di distrarre la creatura in modo che l'altro gruppo possa prendere gli ingredienti. Ma il piano fallisce e la creatura attacca il gruppo che cerca di distrarla. Gli archeologi non riescono a fuggire e la creatura sembra aver vinto.

# Capitolo 12

Dopo l'attacco della creatura, il restante gruppo di archeologi riesce a ottenere gli ingredienti necessari per l'incantesimo di protezione. Con rinnovata speranza, tornano nel luogo in cui hanno trovato il libro dei segni maledetti. Lì eseguono il rituale di protezione, ma nel farlo uno degli archeologi nota qualcosa di strano. Al termine dell'incantesimo, il libro dei segni maledetti inizia a brillare di una strana luce.

All'improvviso, il libro si apre da solo e una voce profonda e sinistra inizia a parlare. La voce rivela loro che il vero scopo del libro non è quello di maledire chi lo legge, ma di evocare un'antica e potente creatura che può esaudire qualsiasi desiderio le venga chiesto. Gli archeologi rimangono sbigottiti di fronte a questa rivelazione. Per tutto questo tempo hanno cercato di fermare una maledizione che in realtà era un mezzo per evocare una creatura di grande potere.

Ma ormai è troppo tardi per tornare indietro. La creatura è già stata evocata e non è disposta a lasciar scappare gli archeologi. Con un potere sempre maggiore, la creatura inizia a prendere forma nel mondo reale. Gli archeologi si rendono conto che la loro unica opzione è fare un ultimo tentativo per fermare la creatura prima che sia troppo tardi. Ma anche se riusciranno a sconfiggerla, come potranno annullare ciò che hanno scatenato? E quali sono le conseguenze dell'evocazione di una creatura così potente?

# Capitolo 13

Gli archeologi si trovano in una situazione disperata. La creatura evocata dal libro dei segni maledetti ha preso vita ed è determinata a ottenere ciò che vuole, a prescindere dalle conseguenze per il mondo.

Gli archeologi devono lottare per la loro sopravvivenza mentre cercano di trovare un modo per fermare la creatura. Ma ogni volta che la affrontano, si rendono conto che è più potente di quanto avessero immaginato. Nel frattempo, nel mondo che li circonda continuano ad apparire segni sinistri. Gli animali continuano a comportarsi in modo strano e i sogni terrificanti diventano sempre più frequenti.

La creatura, tuttavia, non si lascia intrappolare facilmente. Ogni volta che gli archeologi si avvicinano, usa il suo grande potere per tenerli lontani. Ma gli archeologi non si arrendono e continuano a lottare per sopravvivere e fermare la creatura prima che sia troppo tardi. Alla fine, dopo una lunga lotta di incantesimi, gli archeologi riescono a sconfiggere la creatura. Ma mentre lo fanno, si rendono conto che il libro dei segni maledetti è scomparso.

Gli archeologi si chiedono cosa succederà ora che il libro è in mani sconosciute: verrà evocata un'altra creatura, continueranno ad apparire segni sinistri nel mondo o riusciranno a trovare un modo per evitare che il libro cada nelle mani sbagliate?

# Capitolo 14

Dopo la lotta contro la creatura evocata dal libro dei segni maledetti, gli archeologi si ritrovano esausti, ma consapevoli che il loro lavoro non è finito. Sanno che il libro rimane una minaccia per il mondo e devono trovare un modo per fermare il suo potere una volta per tutte.

Mentre cercano indizi sul luogo in cui si trova il libro, uno degli archeologi trova un antico manoscritto in una biblioteca abbandonata. Il manoscritto descrive un antico rituale che può essere usato per sigillare per sempre i poteri del libro. Ma il rituale richiede un ultimo sacrificio: una vita umana.

Gli archeologi sono sconvolti dalla prospettiva di dover sacrificare qualcuno, ma sanno che è l'unico modo per fermare il potere del libro. Dopo ore di discussione, decidono che il sacrificio deve essere volontario e che devono trovare qualcuno disposto a dare la propria vita per il bene del mondo. Dopo un'esauriente ricerca, trovano un vecchio che si offre volontario per il sacrificio. L'anziano spiega di aver vissuto una vita piena e di essere disposto a dare la sua vita per proteggere le generazioni future.

Gli archeologi preparano il rituale e portano il vecchio sul luogo del sacrificio. Mentre eseguono il rituale, sentono il potere del libro rafforzarsi e avvertono l'avvicinarsi di qualcosa di oscuro. Ma sentono anche un senso di pace e la certezza di fare la cosa giusta. Al termine del rituale, gli archeologi provano una grande liberazione e un senso di trionfo. Sanno che il potere del libro è stato sigillato per sempre e che il sacrificio del vecchio non è stato vano.

Mentre si allontanano dal luogo del sacrificio, gli archeologi sanno di aver fatto la cosa giusta e di aver salvato il mondo da una grande minaccia.

# Capitolo 15

Dopo il sacrificio del vecchio e l'esecuzione del rituale per sigillare il potere del libro dei segni maledetti, gli archeologi provano un grande senso di sollievo e trionfo. Tuttavia, la pace non dura a lungo.

Poco dopo essere tornati a casa, iniziano a notare una serie di strani eventi. Piccoli segni appaiono sul muro, sul pavimento e sugli oggetti che li circondano. Sembrano essere gli stessi segni apparsi sul libro maledetto che pensavano di aver sigillato per sempre. Gli archeologi iniziano a provare un senso di terrore e temono che il libro sia tornato in loro possesso. Decidono di indagare e di tornare nel luogo in cui avevano eseguito il rituale di sigillatura.

Lì scoprono qualcosa di ancora più terrificante: il libro dei segni maledetti è scomparso. Non sanno come o chi l'abbia preso, ma sono certi che il suo potere è più forte che mai.

Mentre gli archeologi cercano disperatamente di trovare il libro, iniziano ad accadere cose terribili. Gli animali intorno a loro ricominciano a comportarsi in modo strano, come se fossero di nuovo sotto il controllo di una forza oscura. Segnali inquietanti appaiono con maggiore frequenza e gli archeologi iniziano ad avere incubi ricorrenti.

Nel disperato tentativo di fermare il potere del libro, gli archeologi decidono di eseguire un altro rituale per sigillare il libro e distruggerlo una volta per tutte. Ma sanno che per farlo devono prima trovare il libro. Gli archeologi continuano la loro frenetica ricerca e finalmente scoprono il responsabile del furto del libro: un vecchio che sembra essere posseduto dalla stessa forza oscura del libro.

Nel disperato tentativo di recuperare il libro, gli archeologi combattono il vecchio a suon di colpi. Mentre la lotta si intensifica, gli archeologi iniziano a notare qualcosa di strano nel vecchio. Sembra essersi trasformato in qualcosa di inumano, qualcosa che non appartiene a questo mondo. Alla fine, dopo un sanguinoso ed estenuante combattimento a colpi di mua thai e pugilato, gli archeologi riescono a recuperare il libro e a eseguire il rituale per sigillarlo. Tuttavia, quando cercano di distruggerlo, scoprono che il libro è indistruttibile. Hanno sigillato il suo potere, ma il libro esiste ancora. Ed è una cosa molto strana.

Gli archeologi sanno di aver fatto il possibile per proteggere il mondo, ma temono che il libro sia sempre lì, in attesa di essere scoperto da qualcun altro.

# Il tempio maledetto

Nell'anno 2099, l'umanità si era diffusa nel sistema solare, colonizzando pianeti e lune per garantire la sopravvivenza della specie umana. Uno di questi pianeti era Gamma-12Ut67, un mondo roccioso e desertico che era diventato un'importante fonte di minerali e risorse per le più grandi aziende della Terra.

Un gruppo di esploratori guidati dalla scienziata Jillian Wart era stato inviato su Gamma-12 per indagare su un'anomalia sulla superficie del pianeta. All'inizio sembrava un semplice cratere, ma quando iniziarono a esplorare, trovarono qualcosa che li fece fermare. Un antico e misterioso tempio, scavato nella pura roccia, che sembrava essere stato abbandonato per milioni di anni. Il luogo era ricoperto di polvere e sabbia, ma nonostante l'aspetto malandato, c'era qualcosa che attirava l'attenzione del gruppo di esploratori che incontrarono.

Mentre esploravano meticolosamente il tempio, improvvisamente trovarono un libro antico in una stanza nascosta. Il libro era ricoperto da una specie di pelle e aveva strani simboli incisi sulla copertina. All'inizio sembrava un semplice libro antico di una civiltà perduta, ma quando iniziarono a leggerlo, scoprirono che era molto di più.

Le parole sembravano avere uno strano effetto ipnotico sulla maggior parte dei membri della spedizione, rendendoli sempre più inquieti e ansiosi. Alcuni si grattavano inconsciamente, altri facevano facce strane e altri ancora andavano in estasi. Ben presto si resero conto che, aprendo il libro, avevano scatenato chissà cosa. La creatura menzionata nel libro sembrava essere al di là della comprensione umana. Era qualcosa di completamente inedito e sconosciuto per loro e, man mano che il gruppo si addentrava nelle profondità di quell'enorme tempio, si rendeva conto di aver commesso un terribile errore nell'interrompere qualcosa che non avrebbe mai dovuto essere risvegliato.

E accadde quello che temevano di più: la creatura cominciò ad apparire davanti a loro, comparendo e scomparendo nell'oscurità, lasciandoli completamente imprigionati nel terrore. La sua presenza era schiacciante e la sua stessa esistenza sembrava sfidare ogni logica e ragione, in breve, era un essere caotico.

Poi, nel tentativo di fuggire dal tempio, il gruppo ha incontrato una serie di ostacoli apparentemente insormontabili. Una sorta di nebbia oscura sembra circondarli e intrappolarli, facendo perdere loro ogni senso del tempo e dello spazio. Inoltre, questa creatura sembra osservare ogni loro movimento, sussurrando parole criptiche che li tormentano e li prosciugano emotivamente.

Dopo ore di incredibile terrore e angoscia, il gruppo uscì dal tempio, solo per trovare un paesaggio desolato e nebbioso che sembrava estendersi a perdita d'occhio. Non sapevano più se ciò che vedevano era la realtà o un'illusione creata dall'entità che li perseguitava. Gli avventurieri sono bloccati sul pianeta, inseguiti da questa creatura e impossibilitati a tornare a casa.

Anna e il suo team di scienziati hanno trascorso anni alla ricerca di un pianeta abitabile che l'umanità potesse colonizzare. Dopo molti tentativi falliti, hanno finalmente trovato un pianeta apparentemente perfetto. Ma al momento dell'atterraggio si sono resi conto che qualcosa non andava. Il pianeta è avvolto da una fitta nebbia che limita la visibilità a diversi metri. C'era anche un silenzio inquietante nell'aria, come se non ci fosse vita sul pianeta. Ma il gruppo ha deciso di andare avanti e di esplorare il luogo. Non sapendo nemmeno cosa avrebbero potuto incontrare con il terrore maledetto che aveva stretto nelle sue grinfie la prima squadra di esploratori.

Ore dopo, trovarono un tempio abbandonato in mezzo alla nebbia. Nonostante il tempio fosse abbandonato, un'aura strana e misteriosa lo circondava, attirando l'attenzione della squadra di esplorazione. Anna e la sua squadra decisero di andarci per vedere se potevano trovare qualcosa di interessante. All'interno del tempio riuscirono a trovare un libro antico che sembrava fatto di un materiale sconosciuto. Anna, esperta di lingue antiche, iniziò a leggere il libro ad alta voce. Ma mentre lo faceva, cominciò ad accadere qualcosa di strano.

Il libro sembrava avere un effetto ipnotico sui membri del gruppo, rendendoli sempre più irrequieti e nervosi. Alcuni hanno iniziato a farsi inconsciamente delle piccole ferite con le unghie, mentre altri hanno iniziato a fare movimenti irregolari con la testa e con le mani. Pochi minuti dopo queste piccole trance, si resero conto che, aprendo il libro, avevano scatenato qualcosa di sinistro nel tempio.

Proprio come il primo gruppo di esploratori, la creatura descritta nel libro sembra essere qualcosa di completamente estraneo a loro e, man mano che si addentrano nell'antico edificio, si rendono conto di aver commesso un terribile errore nell'entrare in questo luogo maledetto.

E poi, proprio come il primo gruppo già liberato, la creatura cominciò ad apparire davanti a loro, apparendo e scomparendo allo stesso modo di prima, lasciandoli attoniti e senza sapere cosa fare. E lì, in quel luogo, andarono sicuramente incontro al loro destino finale: una morte orribile e rapida nel migliore dei casi, ma nel peggiore: un incubo eterno in una dimensione forse latente del tempo e dello spazio.

Grazie